PRAISE FOR **TRAVESÍA**

"In *Travesía* you will find an illustrated story that is original, tactile and vividly rewarding. This is one voice that stands for so many, and that will enter your heart and fill it with insight and beauty."
—**WAYDE COMPTON**, author of *The Blue Road: A Fable of Migration*

"*Travesía* is a beautifully realized tale of migration, fortitude and resilience, with an intimacy that draws you near, even through the most harrowing passages."
—**JOHNNIE CHRISTMAS**, author of *Tartarus* and *Crema*

"Visually and emotionally engaging, *Travesía* beautifully conveys a harrowing story that has been experienced directly by untold millions, with an intimacy that will grab your heart."
—**PETER KUPER**, author of *Diario de Oaxaca* and *Ruins*

ALABANZAS POR **TRAVESÍA**

"En *Travesía* encontrarás una historia ilustrada que es original, táctil y vívidamente gratificante. Esta es una voz que representa a muchos, y que entrará en tu corazón y lo llenará de perspicacia y belleza ".
—**WAYDE COMPTON**, autor de *El camino azul: una fábula de la migración*

"*Travesía* es una historia de migración, fortaleza y resistencia bellamente realizada, con una intimidad que te acerca, incluso a través de los pasajes más angustiosos".
—**JOHNNIE CHRISTMAS**, autor de *Tartarus* and *Crema*

"Visualmente y emocionalmente atractiva, *Travesía* transmite bellamente una historia desgarradora que ha sido experimentada directamente por millones de personas, con una intimidad que te cautivará".
—**PETER KUPER**, autor de *Diario de Oaxaca* and *Ruinas*

TRAVESÍA

A MIGRANT GIRL'S CROSS-BORDER JOURNEY

EL VIAJE DE UNA JOVEN MIGRANTE

AS TOLD TO / COMO SE LO CONTARON A
MICHELLE GERSTER

ILLUSTRATED BY / ILUSTRADO POR
FIONA DUNNETT

ARSENAL PULP PRESS
VANCOUVER

ARSENAL PULP PRESS

Suite 202 – 211 East Georgia St.

Vancouver, BC V6A 1Z6

Canada

arsenalpulp.com

The publisher gratefully acknowledges the support of the Canada Council for the Arts and the British Columbia Arts Council for its publishing program, and the Government of Canada, and the Government of British Columbia (through the Book Publishing Tax Credit Program), for its publishing activities.

Arsenal Pulp Press acknowledges the xʷməθkʷəy̓əm (Musqueam), Sḵwx̱wú7mesh (Squamish) and səl̓ilwətaʔɬ (Tsleil-Waututh) Nations, custodians of the traditional, ancestral and unceded territories where our office is located. We pay respect to their histories, traditions and continuous living cultures and commit to accountability, respectful relations and friendship.

Front cover design and back cover illustrations by Fiona Dunnett

Back cover design by Jazmin Welch

Edited by Shirarose Wilensky

Proofread by Alison Strobel

Printed and bound in Canada

Library and Archives Canada Cataloguing in Publication:

Title: Travesía : a migrant girl's cross-border journey = el viaje de una joven migrante / as told to Michelle Gerster ; illustrated by Fiona Dunnett.

Other titles: Migrant girl's cross-border journey = Viaje de una joven migrante | Viaje de una joven migrante

Names: Gerster, Michelle, 1979– author. | Gricelda, author. | Dunnett, Fiona, 1982– illustrator. | Container of (work): Gerster, Michelle, 1979– Travesía. | Container of (expression): Gerster, Michelle, 1979– Travesía. Spanish.

Description: Story based on the experiences of Gricelda. Story initially told to Michelle Gerster in Spanish language. Story written in English language by Michelle Gerster and translated into Spanish. | Text in English and Spanish.

Identifiers: Canadiana (print) 2020034160X | Canadiana (ebook) 20200341839 | ISBN 9781551528366 (softcover) | ISBN 9781551528373 (HTML)

Subjects: LCSH: Gricelda—Comic books, strips, etc. | LCSH: Gricelda—Juvenile literature. | LCSH: Border crossing—Mexican-American Border Region—Comic books, strips, etc. | LCSH: Border crossing—Mexican-American Border Region—Juvenile literature. | LCSH: Teenage immigrants—Mexico—Biography—Comic books, strips, etc. | LCSH: Teenage immigrants—Mexico—Biography—Juvenile literature. | LCSH: Teenage immigrants—United States—Biography—Comic books, strips, etc. | LCSH: Teenage immigrants—United States—Biography—Juvenile literature. | LCSH: Immigrants—United States—Social conditions—Comic books, strips, etc. | LCSH: Immigrants—United States—Social conditions—Juvenile literature. | LCGFT: Biographical comics.

Classification: LCC E184.M5 G47 2021 | DDC j305.235/20896872073—dc23

To all immigrants who have worked hard
to create a new life for their families
and for themselves

A todos los inmigrantes que han trabajado
duro para crear una nueva vida para
sus familias y para ellos mismos

Travesía is the coming-of-age adventure story of Gricelda, a fifteen-year-old girl who ventures across the Mexico–US border with her mother and younger brother. The book captures the desperation and fortitude of millions of migrating people who cross borders in search of a new life.

Travesía es la historia de madurez de Gricelda, una niña de quince años que se aventura a cruzar la frontera México-Estados Unidos con su madre y su hermano menor. El libro captura la desesperación y la fortaleza de millones de personas migrantes que cruzan las fronteras en busca de una nueva vida.

I WAS FIFTEEN YEARS OLD when I got the news that my dad and my older brother were going to the United States. I remember that my mom was really sad, but the truth is I didn't know why. What I do know is that soon after they left, my mom, my younger brother and I had to go as well.

TENÍA YO QUINCE AÑOS cuando recibí las noticias de que mi papá y mi hermano mayor se irían a los Estados Unidos. Recuerdo que mi mamá estaba muy triste, pero en realidad no sabía por qué. Lo que sí sé es que al poco tiempo de que ellos dos se fueron, mi mamá, mi hermano menor y yo tuvimos que irnos también.

A few days before we went to the United States, my grandparents, cousins, aunts and uncles and I did a prayer circle, as was tradition in my family. My grandparents come from a long line of healers, so we were used to praying hand in hand, with incense, flowers, water, offerings ... It was beautiful. I miss all that.

Unos días antes de venir a los Estados Unidos, mis abuelos, primos, tías y tíos y yo hicimos un círculo de oración, como era costumbre en mi familia. Mis abuelos han sido curanderos por generaciones, por lo que ya estábamos acostumbrados a rezar tomados de las manos, con incienso, flores, agua, ofrendas ... Era hermoso. Extraño todo eso.

The last circle that we made as a family was very emotional. Everyone had somber faces, like they knew something that I didn't. My mom, as always, had a face full of worry and anxiety.

El último círculo que hicimos como familia fue muy emocional. Todos tenían cara de tristeza, como si supieran algo que yo no sabía. Mi mamá, como siempre, tenía cara de ansiedad y preocupación.

Soon after that we were on the road to Tijuana, first by car, then by bus. When we arrived in Tijuana our nightmare began.

Al poco tiempo estábamos en camino a Tijuana, primero en carro, y más tarde en autobús. Cuando llegamos a Tijuana comenzó nuestra pesadilla.

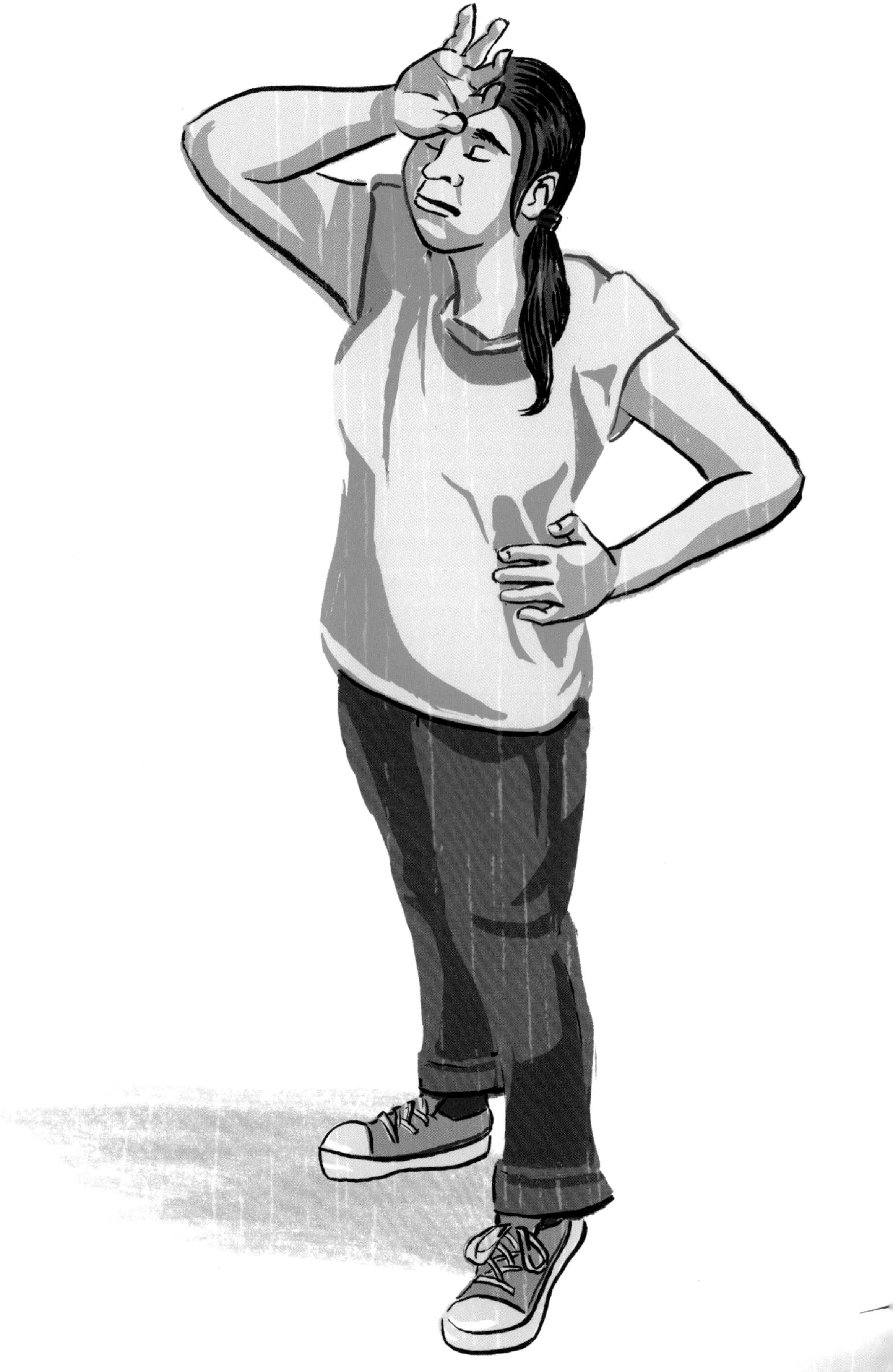

The air was extremely humid. My clothes stuck to my body. It was a heat I had never felt before: intense and annoying. When we arrived at the hotel its appearance made us feel afraid. It was a very simple, dirty hotel.

El ambiente estaba muy húmedo. La ropa se me pegaba al cuerpo. Hacía un calor que nunca antes había sentido, intenso y molesto. Cuando llegamos al hotel sentimos miedo. Tenía un aspecto muy simple y estaba muy sucio.

Someone knocked on our hotel room door and told us to come with him. At this moment I understood that we might be in danger. Imagine, a young mother with two kids, defenseless and alone.

Alguien tocó nuestra puerta y nos dijo que fuéramos con él. En ese momento comprendí que podríamos estar en peligro. Imagínense, una madre joven con dos niños, indefensa y sola.

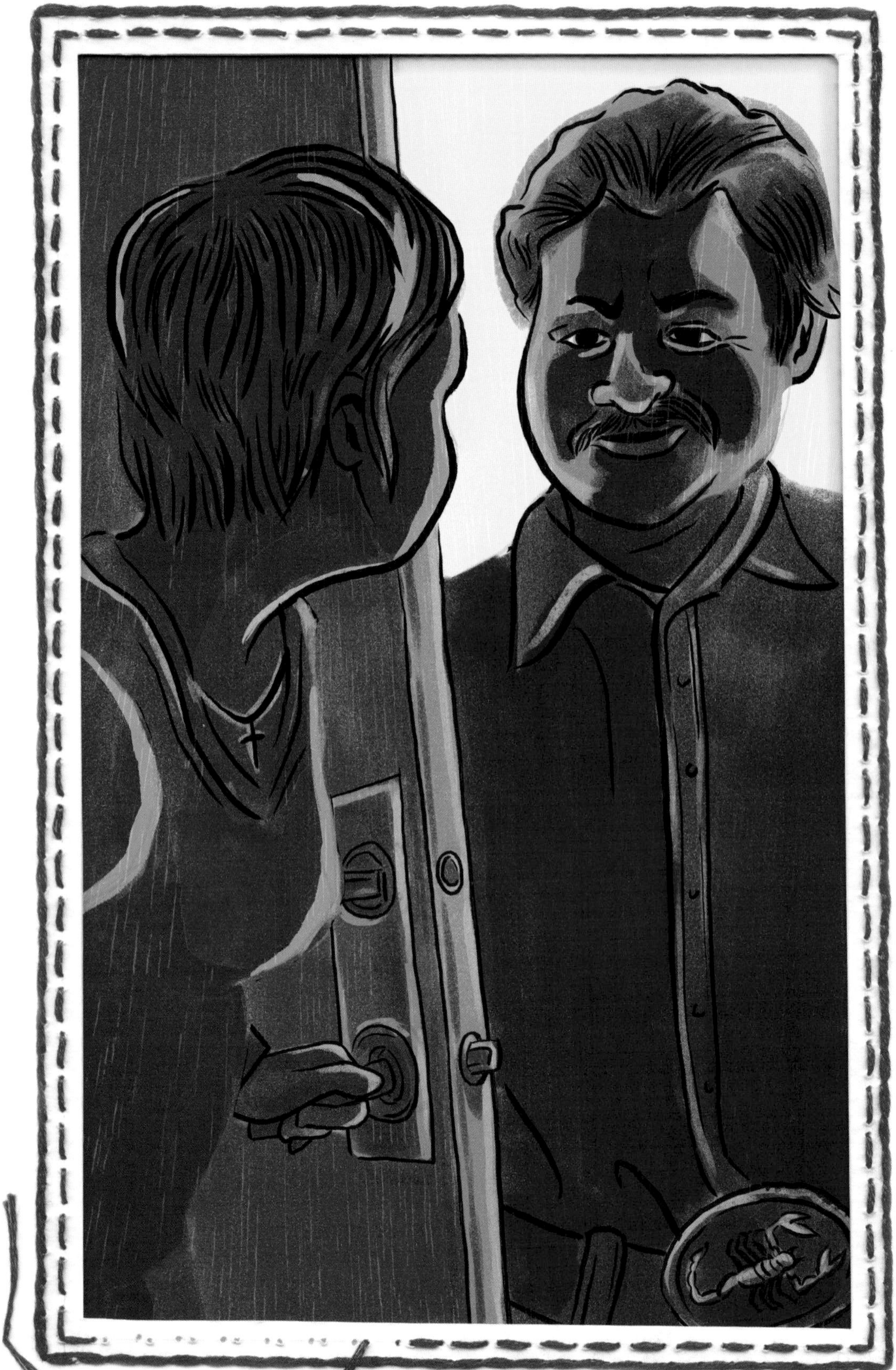

The man who knocked on our door at the hotel mentioned that our uncle, my dad's brother, had sent him to pick us up, so my mom trusted him. I remember that my mom had called my uncle from a phone booth and told him that she had decided that we'd return to Mexico City because we'd almost run out of money. This incident made me think that the phones in Tijuana had hidden microphones.

El hombre que tocó la puerta de nuestra habitación mencionó que nuestro tío, el hermano de mi papá, lo había mandado para recogernos y por esa razón mi mamá tuvo confianza en él. Recuerdo que ella hizo una llamada a mi tío desde un teléfono público y que le dijo que había decidido regresar al DF porque no tenía nada de dinero. Este incidente me hizo pensar que los teléfonos públicos en Tijuana ocultan micrófonos.

When we were in the taxi with this stranger, my mom started to suspect that he was taking us somewhere else. The man started swearing at her.

Cuando estábamos en el taxi con este desconocido, mi mamá sospecho que nos estaban llevando a otro lugar. El hombre la empezó a insultar.

When we arrived at a house full of people, I specifically remember that there was an old woman who was crying, and my mom tried to comfort her. The old woman told my mom that someone had taken her seven-year-old grandson away and she was panicking because she had no idea if she'd ever see him again.

Cuando llegamos a una casa nos pusieron en un cuarto llena de gente. Recuerdo especialmente que había una mujer mayor llorando, y mi mamá intentó tranquilizarla. La señora le dijo a mi mamá que alguien se había llevado a su nieto de siete años y que estaba muy desesperada porque no tenía idea de si volvería a verlo en su vida.

In this house there were other families and children, lots of children of all shapes and colors. I remember the face of the youngest girl. She was white with blue eyes. She couldn't even walk yet. She was really tiny, maybe eight months old. Another boy was Black, very beautiful, but a bit older. Another was dark-skinned ... There were maybe five or six children who called the same woman "Mother." It seemed she was the owner of the house.

En esta casa había otras familias y niños, muchos niños, de todas los tamaños y colores. Recuerdo la carita de la niña más pequeña, era güerita, de ojos azules. Ni siquiera caminaba. Era en verdad muy chiquita, alrededor de ocho meses. Otro niño era negrito, muy hermoso, pero más grandecito. Otro era moreno ... habían, tal vez, cinco o seis niños que llamaban "mamá" a la misma mujer. Ella que al parecer era la dueña de la casa.

On the first night we spent at this house, men who looked like businessmen
came into the room and did a head count. My mom thought that these
people were negotiating with the owner of the house to let us cross through
the mountains.

La primera noche que pasamos en esta casa, hombres que parecían comerciantes entraron al cuarto y contaron cuántas personas habían. Mi mamá pensó que estas personas estaban negociando con la dueña de la casa para permitirnos pasar a través de las montañas.

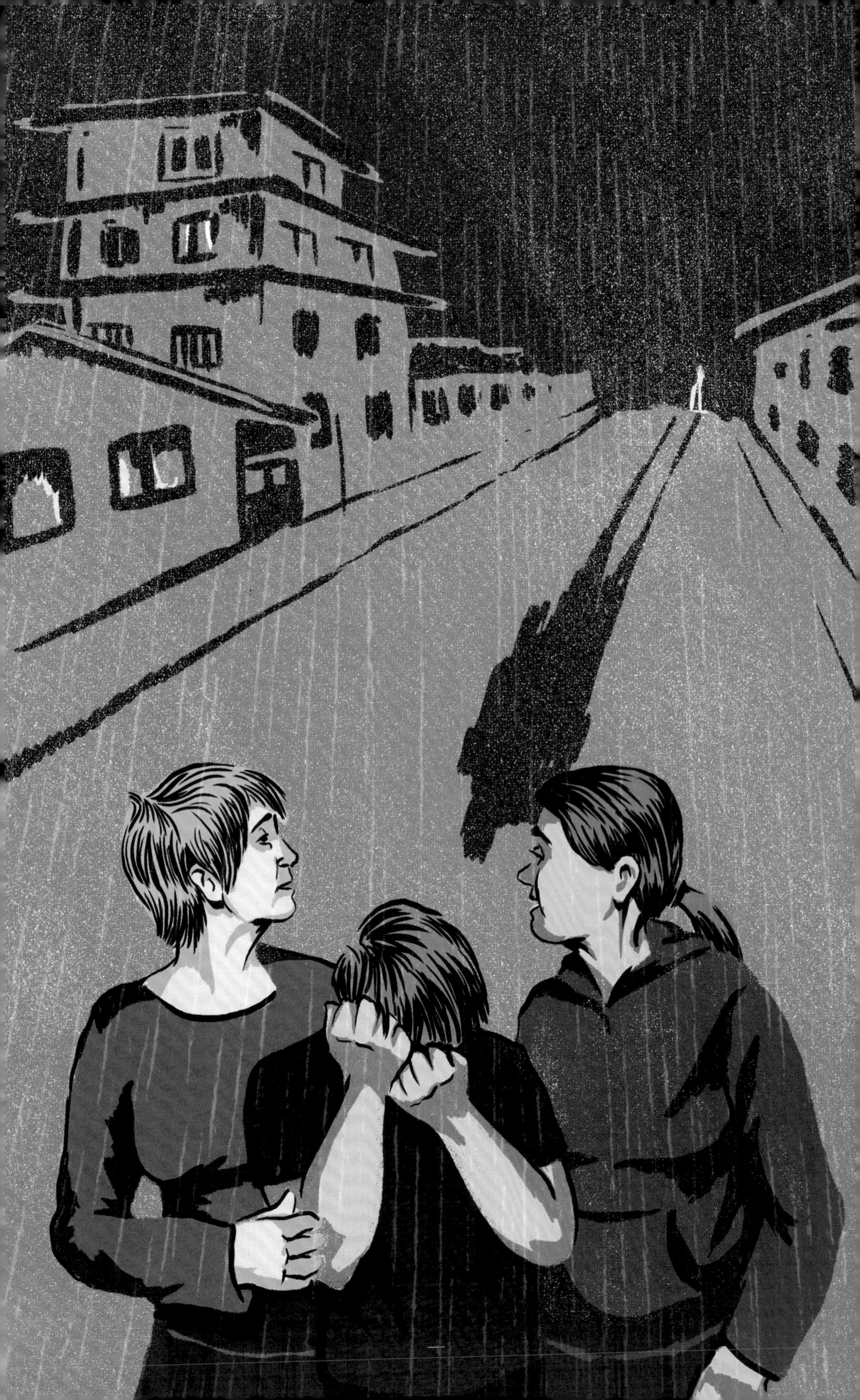

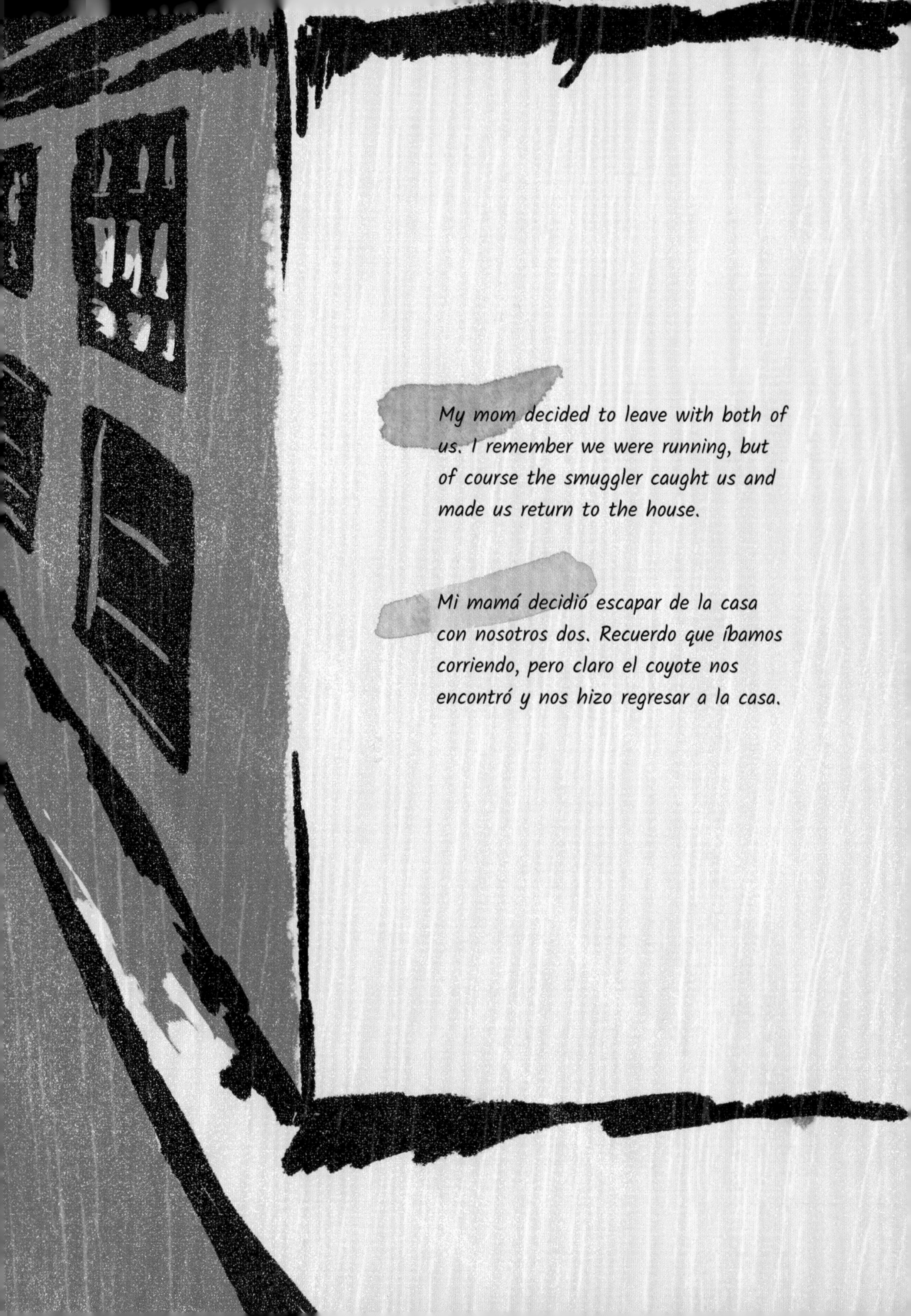

My mom decided to leave with both of us. I remember we were running, but of course the smuggler caught us and made us return to the house.

Mi mamá decidió escapar de la casa con nosotros dos. Recuerdo que íbamos corriendo, pero claro el coyote nos encontró y nos hizo regresar a la casa.

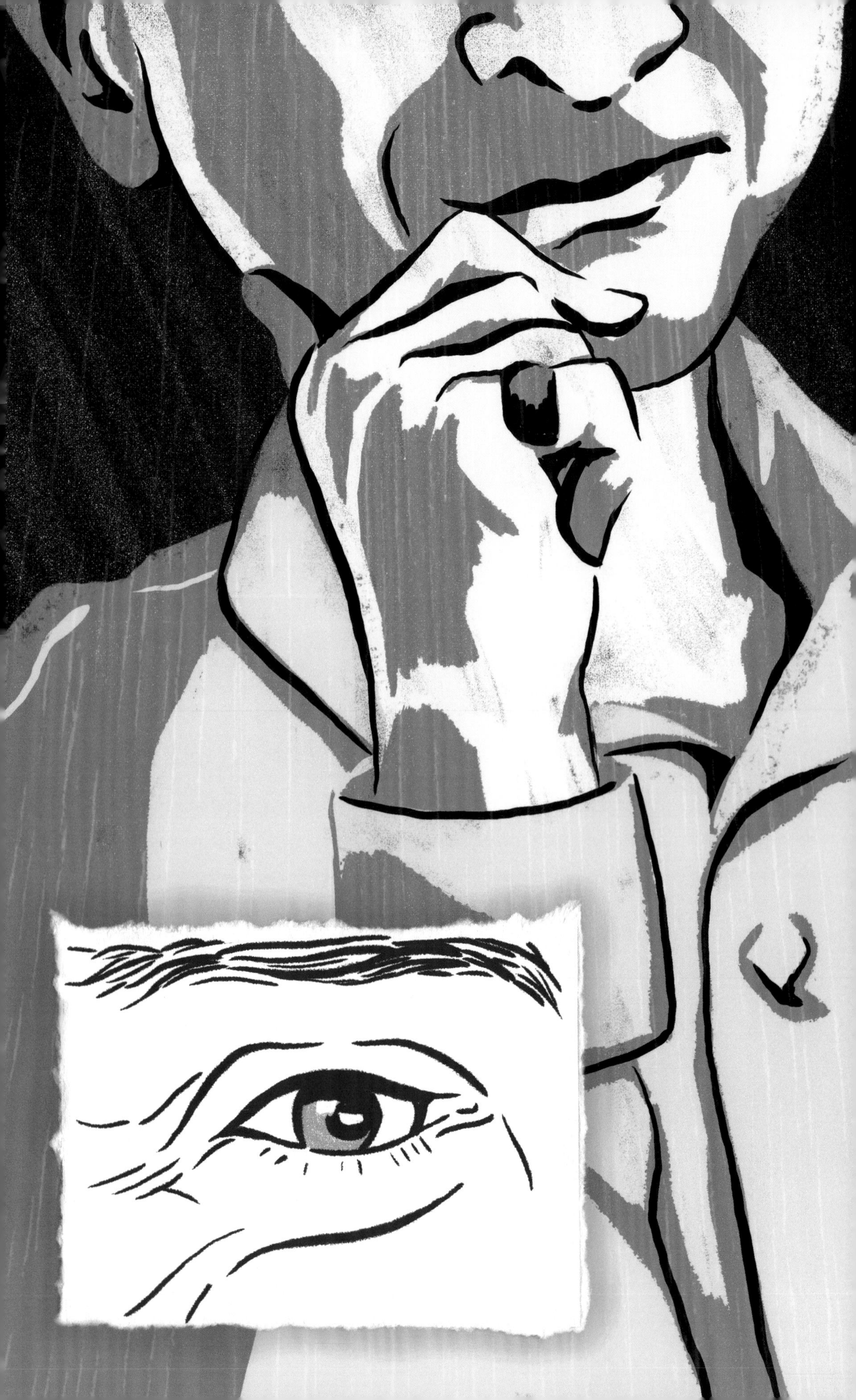

We returned and could see several different men entering and leaving the house. They were really drunk and doing drugs in the living room. The tallest one smiled at me the moment I arrived. They called him "El Güero." He was very handsome, tall and thin with green eyes.

Regresamos y pude ver a diferentes hombres entrando y saliendo de la casa. Ellos estaban muy borrachos y consumiendo drogas en la sala. El más alto me sonrió al momento en que llegué. Lo llamaban "el güero". El era muy apuesto, alto y delgado con ojos verdes.

I think two more days passed before we all went in a truck to the mountains. We stayed in a different house, very different from the other one. It was made of cardboard and absolutely filthy.

Creo que pasaron otros dos días antes de que todos nosotros tomáramos un camión a las montañas. Nos quedamos en una casa diferente, muy diferente a la otra. Estaba hecha de cartón y absolutamente sucia.

My mom told me that they took all our personal belongings: documents, clothes, almost everything. We were left with only what we were wearing. Then we continued on to the hills.

Mi mamá me dijo que habían quitado todas nuestras cosas personales: documentos, ropa, casi todo. Nos quedamos solo con lo que estábamos llevando. Entonces continuamos en rumbo al cerro.

I remember the border between Tijuana and the United States very clearly. It seemed like a big party. They had alcohol, beer, cigarettes, food. The smugglers were waiting for night to come so we could begin the journey through the desert.

Recuerdo claramente la frontera entre Tijuana y los Estados Unidos. Parecía una gran fiesta. Ellos tenían alcohol, chelas, cigarros, comida. Los coyotes esperaban la noche para comenzar la travesía por el desierto.

My mom wanted to be a giant eagle and stretch her wings around my brother and me to take us away from this nightmare. But instead, we were stuck there, completely terrified. Terrified of the dark, the immigration officers, the smugglers, everyone around us. The only thing we had was our faith.

Mi mamá quería ser un águila gigante y estrechar sus alas alrededor de mi hermanito y de mí para llevarnos fuera de esta pesadilla. Pero al contrario estábamos ahí con mucho miedo. Miedo a la oscuridad, la migra, los coyotes, toda la gente alrededor de nosotros. Lo único que teníamos era nuestra fé.

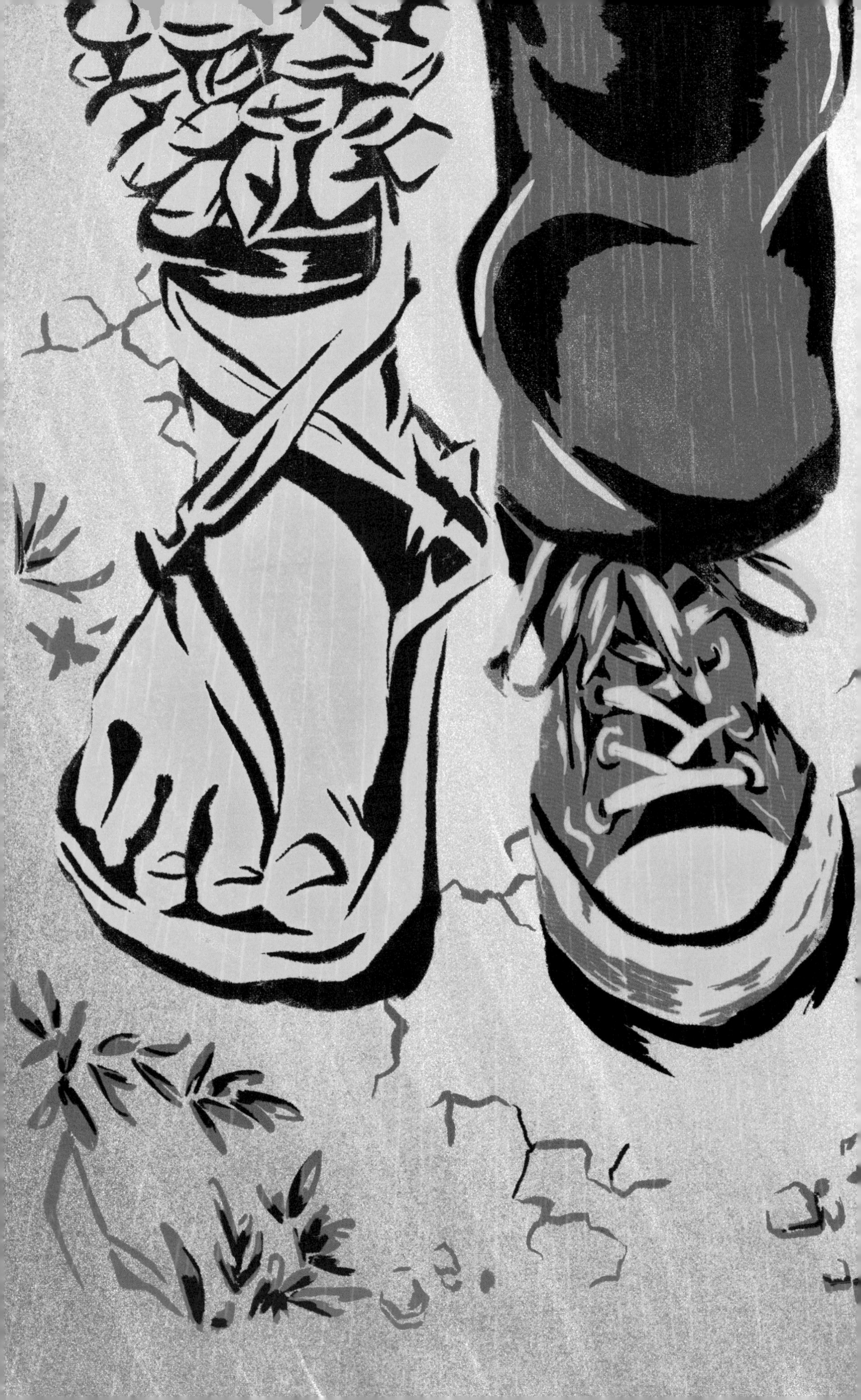

I began each new day praying. I prayed to all the fastest messenger spirits to give me enough strength to make the journey without feeling any pain. I think we walked more than twenty miles, climbing and descending, advancing and retreating.

Cada día lo comencé rezando. Rezaba a todos los espíritus de los mensajeros más rápidos para que me dieran la fuerza suficiente para hacer la travesía sin sentir dolor. Yo creo que fueron más de veinte millas entre las subidas y bajadas, avances y retrocesos.

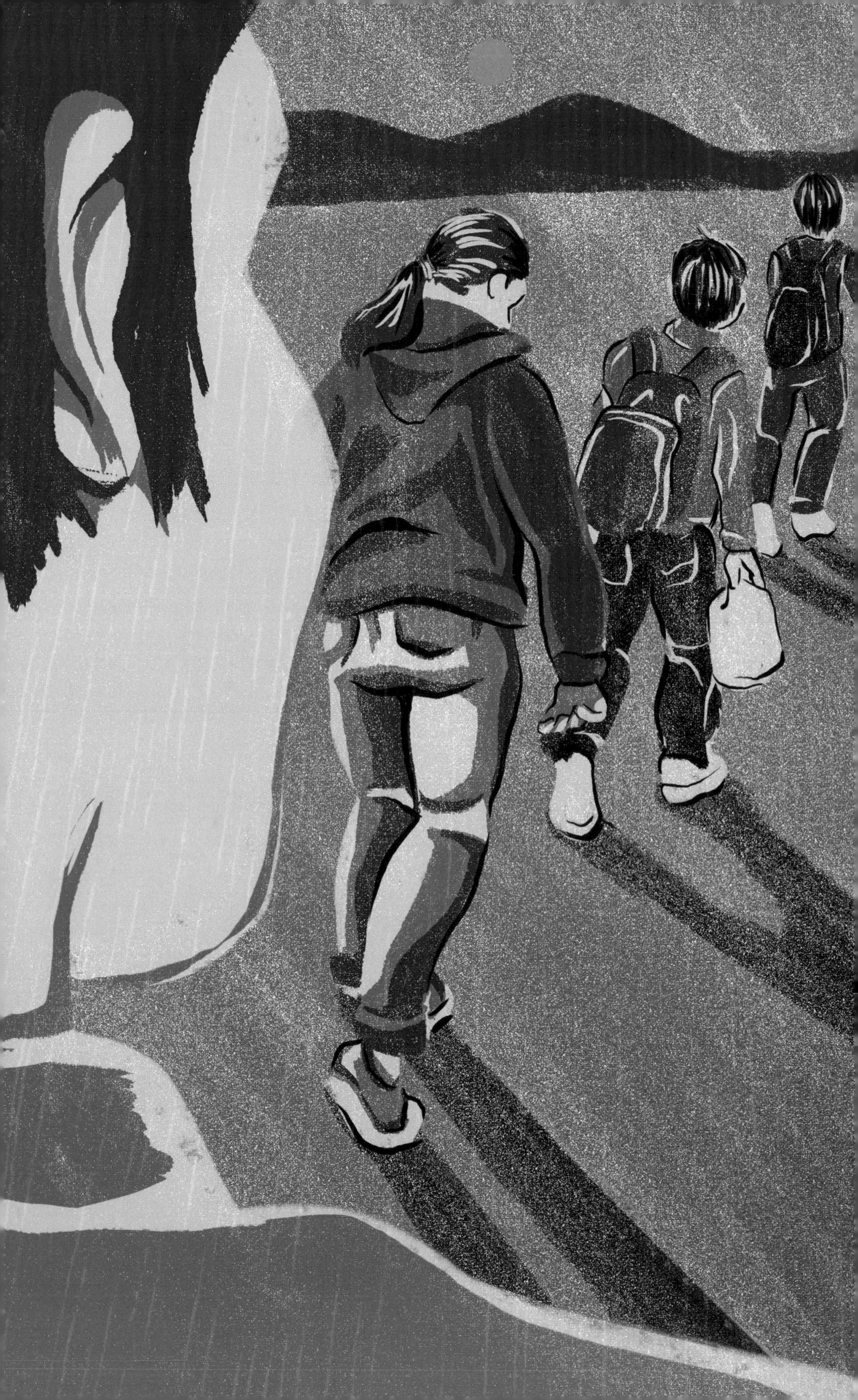

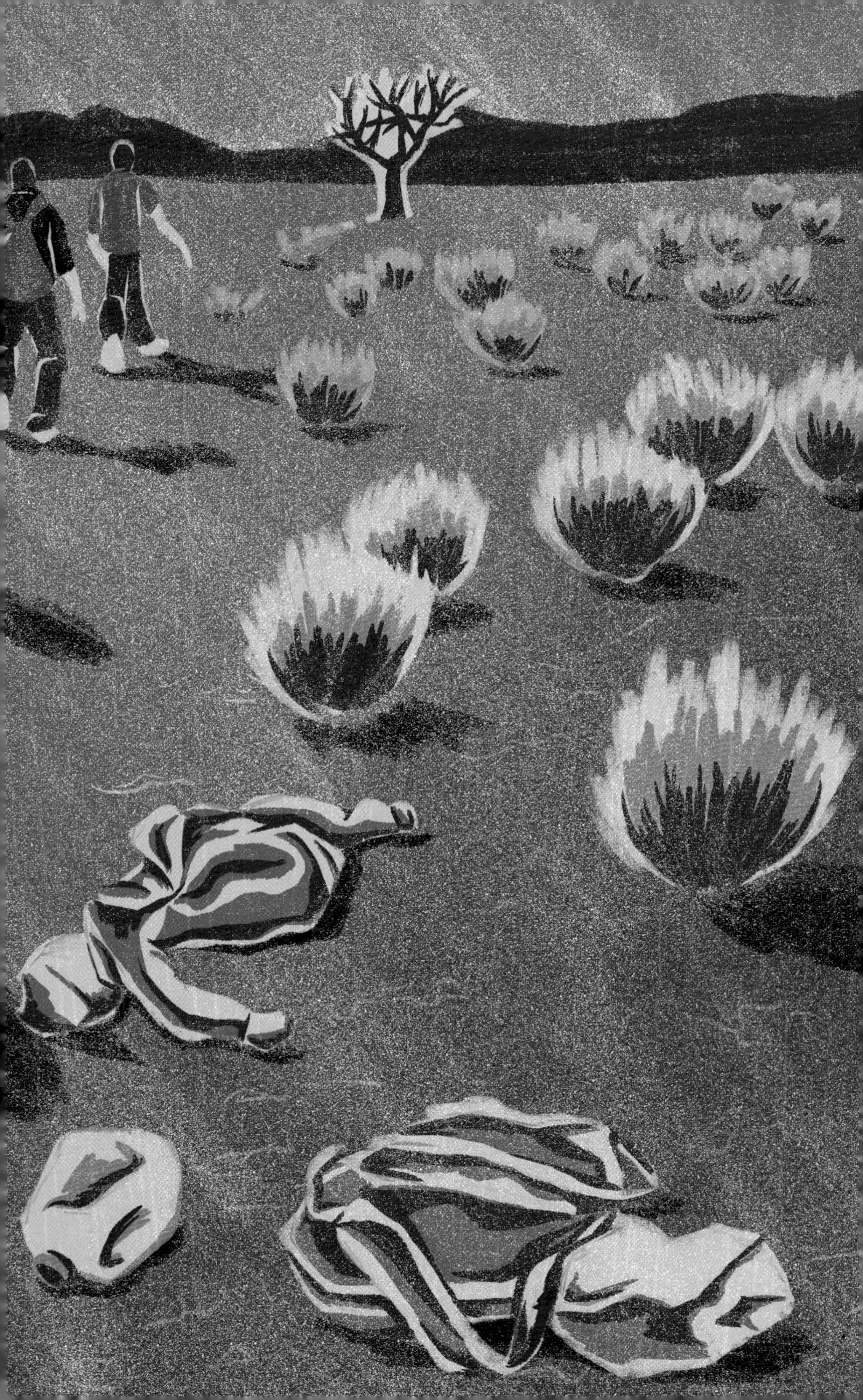

The worst part was when I got my period. It's a good thing I was wearing black jeans and that it came on the third night, the last night of our journey. Crossing the border took more than two days. My mom told me that she fell so many times that when we finally arrived at San Ysidro, a suburb of San Diego, her legs were totally covered in cuts and bruises.

La parte más horrible fue cuando llegó mi menstruación. Lo bueno que llevaba pantalones negros y que llegó a la tercera noche, la última noche del recorrido. Tardamos más de dos días en cruzar la frontera. Mi mamá me contó que se cayó tantas veces que cuando por fin llegamos a San Ysidro, un barrio de San Diego, tenía cortadas y moretones cubriéndole todas las piernas.

I don't remember having fallen, but I remember I was separated from my mom and brother. I was terrified of ending up dead or raped. El Güero tried to stay by my side. When he found me, he held onto my brother's hand with one of his and mine with the other. I felt protected.

No recuerdo haberme caído, pero recuerdo que estuve separada de mi mamá y mi hermano. Me tenía mucho miedo de terminar muerta o violada. El güero nunca me dejó. Cuando me encontró, nos tomó a mi hermano de una mano y a mí de la otra. Me sentí protegida.

I remember that I prayed that El Güero would protect me from all the other smugglers and the other men, and it happened. He never stopped shouting at my mom to encourage her. He also looked at me and made gestures to tell me I was doing a good job keeping up with him.

Recuerdo que recé para que el güero me protegiera de todos los otros coyotes y hombres, y eso pasó. Él nunca dejó de gritar a mi mamá para animarla. También me miraba y haciendo gestos para decirme que estaba haciendo un buen trabajo para mantenerme cerca de él.

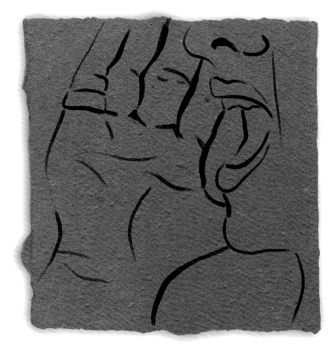

When we finally arrived at the highway, he helped us run even faster to avoid the cars. He stayed with us until we arrived safely on the other side.

Cuando por fin llegamos a la autopista, nos ayudó a correr más rápido para evitar los carros. Estuvo con nosotros hasta que cruzamos y llegamos seguros al otro lado.

After that, we never saw him again.

Después de esto, nunca jamás volvimos a verlo.

In San Ysidro we went to another house full of men. Everyone was tired, incredibly sleepy and we all stank. I met a man there from Puerto Rico who went to the store to buy me sanitary napkins. What an embarrassing moment! Imagine, a young girl completely filthy, covered in dirt and blood. This was not how I dreamed my new life in the United States would begin.

En San Ysidro entramos en otra casa también llena de hombres. Todos estaban
cansados, llenos de sueño, y todos nosotros olíamos bien feo. Acá conocí un
hombre de Puerto Rico que fue a la tienda a comprarme toallas sanitarias para
mi menstruación. ¡Qué momento tan embarazoso! Imagínese, una joven que estaba
completamente sucia, cubierta de tierra y sangre. No era así como me imaginaba
mi nueva vida en los Estados Unidos.

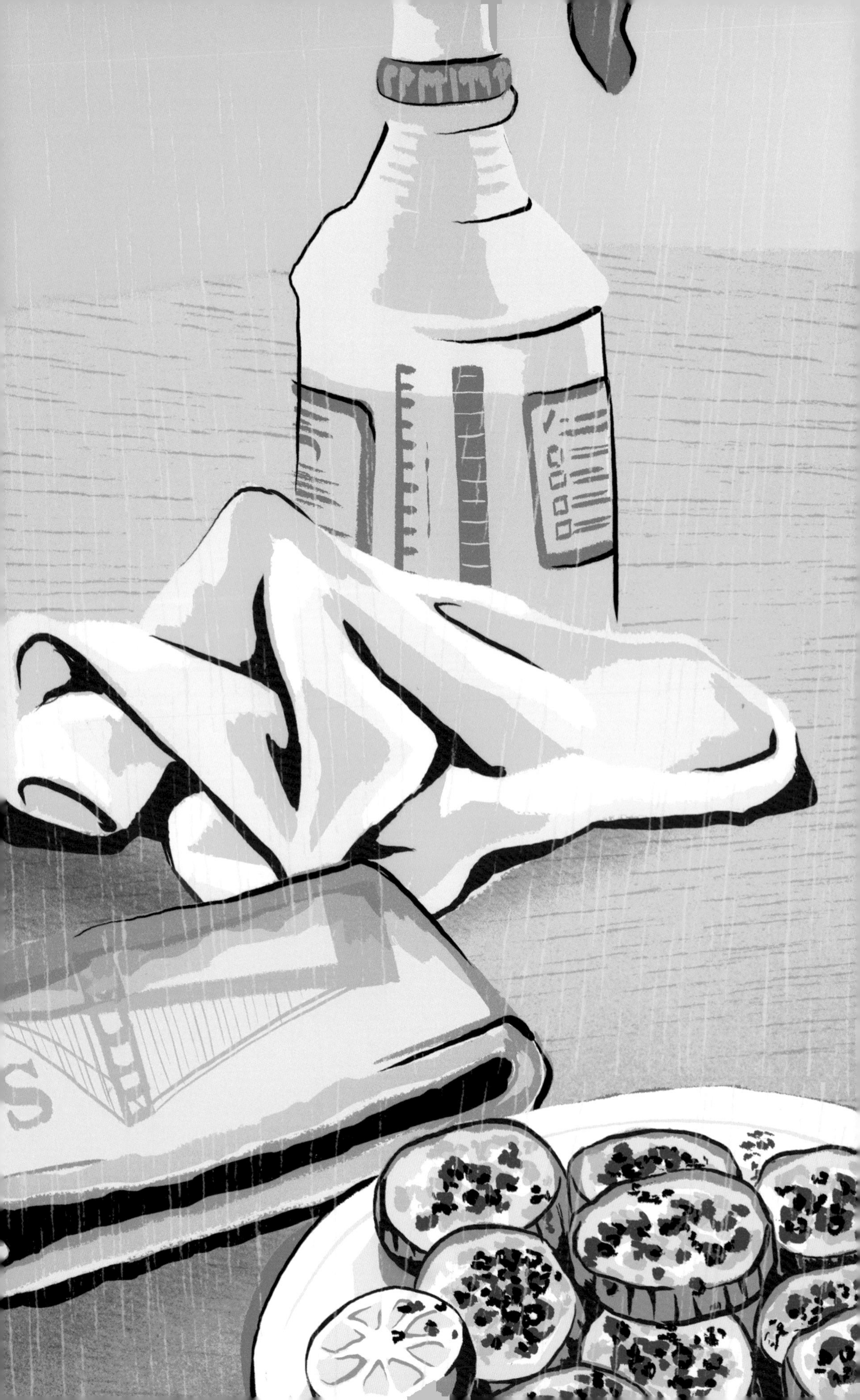

Northern California became my new home, though it took a while to actually feel that way.

El norte de California se convirtió en mi nuevo hogar, aunque me llevo un tiempo sentirlo así.

EPILOGUE

Our new life in the United States was far from what we had imagined during our time in the desert. It was challenging. We moved in with my cousins on my dad's side of the family. Three families were living in a three-bedroom apartment. The mornings were the worst. We had to stand in line to use the bathroom, and my brothers and I were always last. My cousins did not like to share with us. They wanted to show us how much more money they had and how much better they were at school. School was difficult because of the language barrier. We could manage a basic "Hello, how are you?" but were lost after that. My father was working two jobs every day. After school every day we helped him clean twenty offices into the night.

My mother struggled hardest with the adjustment. She didn't feel connected to my dad's family, nor did she initially find work. She was alone in the house a lot and struggled to be happy with her new life. We were in the land of opportunity, but everything felt like more work. My dad gave my brothers so much more freedom than me because I was a girl. He put the fear of God in my mother about the horrible things that could happen to me in this new land. In Mexico, we came from a small town where we knew everyone, and here, even among "family," we didn't feel accepted or welcomed. In those early days, I often questioned if we had made the best decision for our family. My parents struggled the most, and I think that was what ultimately separated them. But over time, we slowly adjusted and adapted to fit more into US culture.

Now, as I look back, I can't imagine my life any other way.

EPÍLOGO

Nuestra nueva vida en los Estados Unidos estaba lejos de lo que habíamos imaginado durante nuestro tiempo en el desierto. Fue un reto. Nos mudamos con mis primos del lado de la familia de mi padre. Tres familias vivían en un apartamento de tres habitaciones. Las mañanas eran lo peor. Teníamos que hacer cola para usar el baño, y mis hermanos y yo siempre éramos los últimos. A mis primos no les gustaba compartir con nosotros. Querían mostrarnos cuánto dinero tenían y cuánto mejor estaban en la escuela. La escuela era difícil debido a la barrera del idioma. Podíamos decir un básico "Hola, ¿cómo estás?" pero nos perdíamos después de eso. Mi padre tenía dos trabajos todos los días. Después la escuela lo ayudábamos a limpiar veinte oficinas hasta la noche.

A mi madre le costó más con la adaptación. Ella no se sentía conectada con la familia de mi padre, además le costó encontrar trabajo. Estaba sola en la casa mucho tiempo y luchaba por ser feliz con su nueva vida. Estábamos en la tierra de las oportunidades, pero todo parecía más trabajo. Mi papá les dio a mis hermanos mucha más libertad que a mí porque yo era una niña. Puso el temor de Dios en mi madre sobre las cosas horribles que me podrían pasar en esta nueva tierra. En México, veníamos de un pequeño pueblo donde conocíamos a todos, y aquí, incluso entre la "familia", no nos sentíamos aceptados ni bienvenidos. En esos primeros días, a menudo me preguntaba si habíamos tomado la mejor decisión para nuestra familia. Mis padres tuvieron mucho más problemas y creo que eso fue lo que finalmente los separó. Pero con el tiempo, lentamente, nos ajustamos y adaptamos para encajar a la cultura estadounidense.

Ahora, cuando miro hacia atrás, no puedo imaginar mi vida de otra manera.

REFLECTIONS ON MIGRANTS' STORIES
Michelle Gerster

In 2010, my then husband, Federico, was deported to Mexico, just four months after we were married. He had only five dollars in his pocket and the clothes on his back when immigration officials dropped him off in Tijuana and told him never to come back to the United States. In the weeks after Federico's deportation, I felt stuck on autopilot, with no air to breathe.

Shortly afterward, I moved to Oaxaca, Mexico, to be with Federico and became involved with a nonprofit organization that aims to support Central American migrants on their passage through the region. I began to document their journeys via photography, videos and interviews. I realized how interconnected and widespread these stories of migration are, but I found that men were always at the forefront. I wanted to bring attention to the women and children whose voices were not being heard.

I began to document the story of my dear friend Gricelda's three-generational Mexican family, which was led by strong women who generously shared their stories with me. I was grateful to learn about the rich histories and experiences that shaped them into the women they had become. Sitting down with Gricelda and listening to her story made me feel that I wasn't alone. I was one of countless people whose families had been broken up because of US deportation and immigration laws. I could share my pain and frustration with others who had experienced the same thing, which helped with my own healing.

When I returned to the United States, I was frustrated by
the increasingly dehumanizing depictions and treatment
of undocumented migrants who cross into the country.
During the presidency of George W. Bush around two million
people were deported from the United States, and more
than three million people were deported during the Obama
administration. Immigration policy under President Trump
became even more oppressive, with the plan to build
a wall between the United States and Mexico, attempts to
eliminate the protections for undocumented immigrants who
were brought to the country as children, the separation of
thousands of children from their families at the border and
their imprisonment, and prohibitive protocols that result
in asylum seekers living in dangerous migrant camps while
awaiting their hearings in the United States.

With Gricelda's encouragement and blessing, I wanted to help
others share in her intimate story, feel her hope, exhaustion
and fear. Like Gricelda, millions of migrating people need
allies who understand the hardship not just of making the
perilous journey across borders but of leaving their old lives
behind in the desperate search for a better life.

OBSERVACIONES SOBRE LAS HISTORIAS DE LOS MIGRANTES

Michelle Gerster

En 2010, mi entonces esposo, Federico, fue deportado a México, apenas cuatro meses después de casarnos. Solo tenía cinco dólares en el bolsillo y la ropa que llevaba puesta cuando los funcionarios de inmigración lo dejaron en Tijuana y le dijeron que nunca jamás regresara a Estados Unidos. En las semanas posteriores a la deportación de Federico, me sentí atrapada en piloto automático, sin aire para respirar.

Poco después, me mudé a Oaxaca, México, para estar al lado de Federico y me involucré con una organización sin fines de lucro que tiene como objetivo apoyar a los migrantes centroamericanos en su paso por la región. Comencé a documentar sus viajes a través de fotografías, videos y entrevistas. Me di cuenta de lo interconectadas y extendidas que están estas historias de migración, pero descubrí que los hombres siempre estuvieron a la vanguardia. Quería llamar la atención sobre las mujeres y los niños cuyas voces no se escuchaban.

Comencé a documentar la historia de la familia mexicana de tres generaciones de mi querida amiga Gricelda, la cual fue dirigida por mujeres fuertes que generosamente compartieron sus historias conmigo. Me sentí agradecida de conocer las ricas historias y experiencias que las convirtieron en las mujeres en las que se habían convertido. Sentarme con Gricelda y escuchar su historia me hizo sentir que no estaba sola. Yo era una de las innumerables personas cuyas familias habían sido divididas por las leyes de deportación e inmigración de Estados Unidos. Podía compartir mi dolor y frustración con otras personas que habían experimentado lo mismo, lo que ayudó con mi propia curación.

Cuando regresé a los Estados Unidos, me sentí frustrada por las representaciones y el trato cada vez más inhumano a los inmigrantes indocumentados que cruzan al país. Durante la presidencia de George W. Bush, alrededor de dos millones de personas fueron deportadas de Estados Unidos y más de tres millones de personas fueron deportadas durante la administración Obama. La política de inmigración bajo el presidente Trump se volvío aún más opresiva, con el plan de construir un muro entre Estados Unidos y México, intentos de eliminar las protecciones para los inmigrantes indocumentados que fueron traídos al país cuando eran niños, la separación de miles de niños de sus familias en la frontera y su encarcelamiento, y protocolos prohibitivos que dan como resultado que los solicitantes de asilo vivan en peligrosos campamentos de migrantes mientras esperan sus audiencias en Estados Unidos.

Con el aliento y la bendición de Gricelda, quería ayudar a otros a compartir su historia íntima, sentir su esperanza, agotamiento y miedo. Al igual que Gricelda, millones de personas que migran necesitan aliados que comprendan las dificultades no solo de hacer el peligroso viaje a través de las fronteras sino también de dejar atrás sus antiguas vidas en la búsqueda desesperada de una vida mejor.

THANK YOU

Gricelda and the generations of strong women in her family
Johnnie Christmas
Judy Snaydon
Our dear-to-our-hearts translation team: Laura Garri,
Federico Helmig, Alicia Herrero, Celia Iwasaki and Mario
Sotelo

GRACIAS

Gricelda y las generaciones de mujeres fuertes en su familia
Johnnie Christmas
Judy Snaydon
Nuestro querido equipo de traducción: Laura Garri, Federico
Helmig, Alicia Herrero, Celia Iwasaki y Mario Sotelo

MICHELLE GERSTER is an American photojournalist, videographer and ESL educator based in Oakland, California, after living in Oaxaca, Mexico. Her work focuses on social justice in relation to immigration and deportation. Her photojournalism on deportation from the United States to Mexico received the PROOF Emerging Photojournalist Award honorable mention. *Travesía* is her first book.

MICHELLE GERSTER es una fotoperiodista, videógrafa y educadora de ISL (inglés como segundo lenguaje) estadounidense que vive en Oakland, California, después de vivir en Oaxaca, México. Su trabajo se centra en la justicia social en relación con la inmigración y la deportación. Su fotoperiodismo sobre la deportación de Estados Unidos a México recibió la mención honorífica del Premio a Fotoperiodista Emergente PROOF. *Travesía* es su primer libro.

FIONA DUNNETT is a Canadian illustrator based in North Vancouver, British Columbia. She trained as a visual artist and illustrator in BC and drew inspiration from living and working in Oaxaca, Mexico. She has done group and solo exhibitions around Mexico and BC, as well as illustration work for the City of Vancouver, the Federation of Post-Secondary Educators of BC and the Vancouver Mural Festival. Her illustrations have been published in *Geist* and *SAD Mag*. *Travesía* is her first book.
fionadunnett.com

FIONA DUNNETT es una ilustradora canadiense que vive en la cuidad de North Vancouver, en British Columbia. Se formó como artista visual e ilustradora en BC y se inspiró en vivir y trabajar en Oaxaca, México. Ha realizado exposiciones colectivas e individuales por México y BC, así como trabajos de ilustración para la Ciudad de Vancouver, la Federación de Educadores Postsecundarios de BC y el Vancouver Mural Festival. Sus ilustraciones se han publicado en *Geist* y *SAD Mag*. *Travesía* es su primer libro.

Royalties from the sale of this book will be donated to Centro Legal de la Raza (Centro Legal). Centro Legal was founded in 1969 by UC Berkeley law students, who were inspired by the civil rights movement and saw the need for accessible legal services. Centro Legal protects and advances the rights of low-income, immigrant, Black and Latinx communities through bilingual legal representation, education and advocacy. By combining quality legal services with know-your-rights education and youth development, Centro Legal ensures access to justice for thousands of individuals throughout the San Francisco Bay Area and the State of California.

Las regalías por la venta de este libro serán donadas al Centro Legal de la Raza (Centro Legal). Centro Legal fue fundado en 1969 por estudiantes de derecho de UC Berkeley, quienes se inspiraron en el movimiento de derechos civiles y vieron la necesidad de servicios legales accesibles. Centro Legal protege y promueve los derechos de las comunidades de bajos ingresos, inmigrantes, negros y latinx a través de representación legal bilingüe, educación y defensa. Al combinar servicios legales de calidad con educación sobre el conocimiento de sus derechos y desarrollo juvenil, Centro Legal garantiza el acceso a la justicia para miles de personas en todo el Área de la Bahía de San Francisco y el Estado de California.

centrolegal.org